KB022976

에스컬레이터 타고 내려온 달빛

b판시선 55

윤재철 시집

에스컬레이터 타고 내려온 달빛

도서출판 b

도시는 인간이 만들었지만
흙은 인간이 만든 것이 아니다
씀바귀는 보도를 뚫고 솟아올라
빗물을 받아 마시며 산다
한 울타리 안에
한 하늘 아래
구두수선 부스에 앉아
고들빼기가 혼자 유튜브를 보고 있다
대지이용원 화단에 사는
사루비아가 머리 깎으러 오라고
카톡을 했다
이발소 의자에 판때기 걸쳐 놓고
바리캉에 잔뜩 겁먹은 채
상고머리 꼬맹이가 거울 속에 앉아 있다

| 차 례 |

7

제1부

수선화 그것이 보고 싶다

이제
아득한 향기와 함께
그리워할 무엇이 남아 있을까

바람 부는 날은
산방산 바라보이는
서귀포 대정 향교

빈 뜨락
검은 돌담 아래
열 지어 피어나
봄바람에 푸른 잎
어깨춤 들썩이던

수선화
그것이 보고 싶다

가슴 속 구겨진

바람개비

목마른 매화나무

이수역 7호선에서 4호선으로
갈아타기 위해 걷는
긴 환승 통로

7호선에서 쏟아져 나와
총총히 걸어가는 많은 사람들 틈에 끼어
앞 사람만 보고 걷는 길

뜬금없이 생각난다
선암사에서도 외진 무우전 옆
기왓장 얹은 낡은 돌담길 따라
함께 걷던 매화나무
조금은 외롭고 쓸쓸한 매화나무

지금은 가지에 꽃 다 지운 채
너도 매화나무
나도 매화나무
목마른 매화나무

총총히 환승 통로 걸어가며

너도 매화나무

나도 매화나무

핸드폰 하나씩 손에 든 채

에스컬레이터 타고 내려온 달빛

어느 날
깊은 밤 꼭대기
4층 연립주택 불 꺼진 거실로
깊숙이 들어온 달빛

서녘 하늘
기울이며
에스컬레이터 타고 내려온
달빛

아이고 하느님
이 누추한 집까지 오시다니
달팽이 같은 집
구멍 속까지
손수 찾아오시다니

가끔은 찾아오셨을 것을
때 되면 찾아오셨을 것을

미련한 중생은

오늘에서야 봅니다

오늘에서야

여의도공원 히어리

내 이름은 히어리
고향은 묻지 마세요
그렇다고 바다 건너온 것은 아니에요
남도의 끝자락
조계산 어디쯤 지리산 어디쯤
코리아 토종 히어리

333m 빨간 기둥
높다란 파크원 타워 올려다보이는
여의도공원 보도 옆 화단
초롱같이 노란 꽃
가지 가득 늘인 채
한 묶음 꽃다발로 서서

내 이름은 히어리
세상 어디에도 없는 히어리
친구 하나 없는 서울살이 서럽지만
어차피 구름 없는 하늘

먼지 없는 세상은 바라지도 않아요

우리나라에만 있는 한반도 고유식물
워낙이 귀해 멸종위기종으로 지정되었다가
대량 증식에 성공하며
이렇게 여의도공원에도 조경수로 심겼는데

아무럼 어때요
그냥 세상 구경 나온 거예요
봄 마중 나온 거예요
잎보다 먼저 가지마다 올망졸망
노란 초롱꽃 드리운 채

검은 아스팔트로 뒤덮인
여의도광장 한구석
이제 꿈은 가지런히 접은 채
내 이름은 히어리
고향은 묻지 마세요

산국

추억할 이 없어
산국화다
꺾어 갈 이 없어
들국화다

지금은 쓰지 않는
10원짜리 동전만 한
10원짜리 동전보다 작은
노란 꽃 무더기

산 냄새같이
맑은 향기
가을볕같이 노란 향기
마지막 벌 나비들 부르며

애달프지 않아
산국화다
고절하지 않아

들국화다

서리풀공원 산길
볕 좋은 경사면에
무리 지어 노랗게
산국山菊이 피어 있다

곰취가 꽃을 피웠네요

산속 이름도 없는
암자 아니 토굴
바위 절벽 밑 화단
아니 빈 땅

곰취가
저 혼자 꽃을 피웠네요
한여름
더위는 턱턱 숨을 막는데

손바닥보다도 커다란
억센 잎을
혀 빼물듯 내밀고
진노랑 꽃을 피웠네요

삼겹살 쌈 싸 먹는
여린 잎은
남의 일이라는 듯

봄부터 제멋대로 자라

저 혼자 씨름하듯
하늘로 뽑아 올린 긴 꽃대 끝에
진노랑 꽃을 피웠네요
우주의 꽃 피웠네요

새들도 한낮은
숲속 어디 들어앉아
낮잠이라도 자는지
천지는 적막한데

풍탁

풍경이라고 흔히 부르지만
원래는 방울을 뜻하는 탁鐸
바람에 흔들려
소리가 난다고 해서
풍탁

풍탁은
귀로
바람 소리 듣고 싶어서야
눈으로
바람 소리 보고 싶어서야

정동丁東 정동
하늘을 나는 물고기
치게로 몸을 묶고
하늘을 나는 물고기
날개 치는 소리

그 소리
사람은 낼 수 없지
오직
바람만이
소리 낼 수 있지

천년 먼 데서 오는
바람
천년을 매일같이 오는
바람

왕궁리 똥막대기

백제 무왕님이 만드셨다는
익산 왕궁리 유적지를 발굴 조사할 때
아직 그곳이 무엇인지 모른 채
왠지 이상한 냄새 나는
백제 시대 화장실 구덩이를 뒤질 때
수습된 짤막한 나무막대기를
조심스레 집어 들며 연구원들은
이게 뭐꼬
이게 무슨 물건인고
짤막한 게 손에 쥐기도 좋고
반들반들 윤이 나는 게
사람의 손때가 어지간히 묻은 물건인 것 같은데
이게 뭐꼬
이게 무슨 물건인고 되뇔 때

장갑 낀 손에 붙잡힌 채
천년 만에 밝은
하늘 올려다보게 된

백제 시대 똥막대기들은
서로를 보며 입을 가리고
킥킥거렸다
가벼운 존재의
참을 수 없는 웃음

송나라 때 운문 문언 선사는
어떤 것이 부처입니까 묻는 제자들의 질문에
마른 똥막대기(간시궐幹屎厥)라 했다는데
불성은 변함이 없으며
만물에 깃들어 있다는 뜻이라는데

문자 이전에
백제 시대의 똥막대기들은
한 천년은 더 땅속에 묻혀
참선해도 좋았을 것을
연구원의 손에 붙잡혀
다시 세상 구경을 하면서

이것도 좋은 일이지
다시 밑씻개로 쓰지는 않겠지
밑씻개로 쓴다면
뭐 못 할 일도 없지만
자본주의 시스템이 마비될 거야
IT시스템이 고장 날 거야

그러니 다시 흙 속으로 돌아가는 것이 낫겠어
한 천년 더 흙 속에 있다가
다시 만나는 것이 낫겠어
그때도 사람들은 똥은 누겠지
가벼운 존재들은 못내 우스운 듯 킥킥거렸다

지금 코카서스산맥 너머에는

지금 코카서스산맥 너머에는
눈 내리고 있을까

방배동 연립주택 때 낀 창밖으로
눈발 비치는데

산맥 너머에는 눈 내리고 있을까
어둑어둑 날은 저무는데

눈 내리고 있을까
코카서스산맥 너머에는

저격수는 누군가의 이마를 겨냥하고
미사일은 머리 위를 날아가는데

낡은 **빵** 공장
보일러 위에도 눈은 내리고 있을까

박수근 나무

박수근 그림 속의 나무에는
이파리가 없다
그래도 생생하다
늠름스럽다

표정 없는 여인들
늘 옆얼굴만 내보이는 여인들
절구통같이 단단한 허리와
넓은 어깨를 지닌 여인들

그 옛날 고구려적
평강공주가 온달의 집을 찾아갔을 때
맹인 노모는
내 자식은 굶주림을 참지 못하여
산으로 느릅나무 껍질을 벗기러 간 지 오래인데
아직 돌아오지 않았습니다라고 대답했다

일제 때 양구보통학교 뒷동산이었던 교육청 뒤편

보통학교 시절 박수근이 자주 그렸다던
300년 수령의 느릅나무 두 그루는
그림 속 여인들을 닮았다

한 여인은 광주리를 이고
집으로 돌아가고
한 여인은 아이를 등에 업고
길가 쪽을 물끄러미 바라보고 섰다

아무도 튤립나무 소식을 전하는 사람은 없었다

여름 들어서는 길목이면
가끔 생각나는
영등포여고 옛 교정의 튤립나무
녹황색 튤립 모양의 꽃이 이쁘던
미국이 원산이라던 튤립트리

낡은 콘크리트 건물과 똑같이
나이를 먹어가며
키가 4층 건물을 넘고 넘어
4층 3학년 교실
여름 들어서며 공부에 지친 아이들
녹음으로 덮어주던 나무

가을이면 여학생들
황금보다 노랗게 빛나는 단풍잎
허리 굽혀 주웠던가
나무 이름도 모르는 채
그것이 교목인 것도 모르는 채

노란 단풍잎 주워

엄지 검지에 쥐고 돌리면서 깔깔대던

학교와 함께

여학생들과 함께 50년을

살던 나무

그러나 진작에 영등포여고

근사하게 예술적으로

새로 잘 지었다는 소식 전하면서도

튤립나무 소식을 전하는 사람은

아무도 없었다

하얀 인터넷선

4층 창문을 빠져나가
길가 전봇대에 목을 걸고 있는
가늘고 하얀 인터넷선은
바람에 흔들흔들

한번은 이웃집 이사 가며
사다리차가 선을 어떻게 건드렸는지 먹통되어
국번 없이 100번에 신고하고
kt기사가 와서 고쳤지

하얀 인터넷선은
이사 와서 20년을 넘게
허공에 매달려 흔들흔들
세상과 우리 집을 연결해 주고 있지요

요금이요?
몰라요
통장에서 매달 얼마씩 빠져나가는 것 같은데

잘 몰라요

그냥 인터넷이 되고
그냥 돈은 빠져나가고
그뿐이지요

가늘고 하얀 인터넷선은
바람 부는 날은 흔들흔들
창틈에 목을 매고 건들건들
그래도 끊어지지 않고 잘 살지요

메르세데스–벤츠 빌딩 앞 풍경

차가 차를 업고 왔다
삼각별 엠블럼 앞에 단
까만 벤츠 4대
햇빛에 번쩍이는 새 차를
어부바차가 업고 왔다

차가 차에 업히어 왔다
독일이나 해외공장 어디 멀리서
항구에서 배 타고 내려서 차 타고
발에 흙 하나 묻히지 않고
업히어 왔다

구두코가 반짝이는
젊은 영업사원이 다가와 서류를 확인하고
푸른 작업복의 어부바차 기사가
조심스레 차에서 차를 내려
빌딩 안으로 들어갔다

바퀴도 구르지 않을 수 있다
저도 바퀴이면서
구르지 않을 수 있다
저도 바퀴이면서
다른 바퀴를 굴릴 수 있다

우크라이나산 기장밥을 먹으며

우크라이나산 기장밥을 먹으며
나는 오늘 안녕한가
한 공기 기장밥
시금치나물에 된장국 떠먹으며
나는 지금 안녕한가

검은 땅에서 검은 바다 건너온
좁쌀만 한 기장쌀이
거칠게 입 안에 쏠리는데
나는 안녕한가
우크라이나는 안녕한가

땅의 이름으로
나라의 노래는
우크라이나의 영광과 자유는 아직 죽지 않았도다
동포들아
우리가 코사크의 후예인 것을 보여주자고 노래하는

우크라이나는 안녕한가
나는 안녕한가
우크라이나산 기장밥
곱씹으며
된장국 떠먹으며

해바라기는 검은 얼굴을 가졌다

한 우크라이나 할머니가
완전 무장한 러시아 병사에게 다가가
네 주머니에 해바라기씨나 넣어둬라라고 말했을 때
검은 해바라기씨는
저격수의 총알보다도 더 깊숙이
러시아 병사의 가슴을 뚫었다

너는 살아 돌아가지 못할 거야
네가 이 땅에 쓰러지면
네 시체는 썩어 그 속에서
해바라기가 자랄 테니
네 주머니에 해바라기씨나 넣어둬라
이 파시스트 점령군아

2차 세계대전 때
독일군 이탈리아군이 쳐들어왔을 때도
수백만 명의 병사들이
이 검은 땅 위에서 피 흘리며 쓰러져

눈 덮인 시체마다
검은 해바라기씨를 입에 물었다

광활한 흑토지대
검은 땅에 부러진 창처럼 박힌
해바라기는 봄이면 노란 꽃 피우고
가을이면 눈물처럼
얼굴 가득 검은 씨를 맺어
우크라이나 평원을 덮었다네

지금 다시 너는
러시아 병사의 이름으로 오고
검은 수렁을 탱크가 휘젓는다
그러니 네 주머니에도 해바라기씨나 넣어둬라
네 주검 속에서도 봄이면 해바라기
운명처럼 푸른 싹을 틔우리라

고독한 시위자

톈안먼 사태 때 수십 대의 탱크를
도로 한복판에서
혼자 맨몸으로 막아선
탱크맨처럼
브릿지맨은
한낮 베이징 쓰퉁차오 고가도로 위에서
혼자 검은 연기 피워 올리며
난간에는 국적國賊 시진핑을 파면하라는
플래카드 내걸었다

플래카드에는 이어서
코로나 검사 말고 밥을 달라
봉쇄 말고 자유를 달라
거짓말 말고 존엄을 달라
문혁 말고 개혁을 달라
수령 말고 선거를 달라
노예 말고 공민의 삶을 달라고 적혀 있었다

시진핑이 중화민족의 위대한 부흥을 이루자며 내건
중국몽이 백일몽이라는 듯
그건 독재자의 꿈일 뿐이라는 듯
소박하게 밥을 원하고
자유와 존엄을 원하고
선거를 원한 것이다

브릿지맨은
탱크맨처럼
급히 달려온 공안에게 어디론가 끌려가
아직도 소식이 없지만
고독한 시위자가 내건 구호는
코로나 같은 전염력을 가져

곳곳에서 사람들은 화장실 문과 벽에
브릿지맨의 구호를 옮겨 적고 있다
고독한 시위자의 시위를
몰래 시위로 이어가고 있다

원래 중국의 화장실은 문도 벽도 없던 것을
시진핑이 이른바 화장실 혁명을 지시하면서
문도 벽도 갖게 된 내력이 있다

제2부

정오에 걷는 방배로

7월은 재산세 납부의 달
ATM기에 재산세며 공과금 카드로 내고
은행을 나와 걷는 방배로

봄에 직각으로 머리를 깎은
플라타너스 가로수들이
ATM기같이 보인다

직렬로 서 있는 플라타너스
직렬로 누운 나무 그늘
정오의 햇빛은 방패도 없이
창처럼 내리꽂히고

점심시간 사무실 빠져나와
뒤따라오던 회사원들
와우 오늘 날씨 장난 아니네
죽인다 죽여 비명을 지르며
이내 길가 스시집으로 사라지고

얼마를 더 걸어야 할까
어디까지 가야 할까
눌러 쓴 캡모자에
미지근히 땀이 밴다

한 사람이 섬이 되었다

누구나 외로우면
섬이 된다
차들 쉬임없이 내달리고
사람들 물밀듯
건너가고 건너오고

발자국 아무리 많아도
외로우면 섬이 된다
바람 불지 않아도
물결 찰랑이는 갯바위처럼
혼자 섬이 된다

이수역 사거리
느티나무는 노란 단풍잎 날리고
비둘기는 보도 위를 아장거리는데
벤치 위에 소주병 하나 뉘어 놓고
한 사람이 신문지로 얼굴을 덮고 잠들었다

누구도 외로우면

섬이 된다

흘러가고 흘러오는 사람의 물결 속

구두 뒤축 꺾어 신고

한 사람이 섬이 되었다

메쉬펜스 오르는 메꽃

방배동고개 올라가는 큰길가
문도 없는 시온교회
연초록 메시펜스 더위잡고
메꽃 덩굴줄기가 올라간다

보아주는 사람도 없지만
간섭하는 사람도 없어
직사각형 철망 울타리
한 칸 한 칸 더위잡고

안쪽 바깥쪽 넘나들며
메시펜스 매끈한 비닐 철선
더위잡고 덩굴줄기가 오른다
잎사귀가 오른다

겨드랑이에서 빠져나온
긴 꽃줄기 끝
연분홍 꽃들은

하늘을 향해 나팔을 불고

한여름을 더위잡고
메시펜스 꼭대기까지
다 올라선 메꽃 덩굴줄기들
그제야 손 놓고 공중에 너울대고 있다

45년 된 삼호아파트 벚꽃

분홍빛 낡은
꽃항아리
눈에 담다 어지러워

아스팔트 위에 누운
꽃그늘
지레 밟고 돌아온다

산촌집 목련나무

골목 안
산촌사철탕집

낡은 블록담 너머
흑백 사진 속

하얀 얼굴이
배시시 웃고 있다

햇빛은 시멘트 땅바닥에 내려앉아
마른 가지로

마당 가득 빈 그물을 짜고

딱 열한 송이

내방역 하나은행 옆
골목 어귀
가슴팍 높이 화단에
주먹 그러쥐면
살포시 잡힐
키 작은 목련나무

여린 가지에
세어 보면
딱
열한 송이
하얀 목련꽃이 피어

아래 위 사방
허공을
거침없이 바람이 지나고
우주 속에
딱 열한 송이

이유도 없이
저절로
그냥
딱 열한 송이
봄바람 속에 떠 있습니다

무관심이 행복한 꽃

씀바귀는 아무 데나 피어서
제멋대로 피어서
내방역 반포세무서
화강암 푯돌 앞에
떡하니 한 포기가 자리 잡았다

그 옆에 이쁜 소나무
서울지방국세청장 아무개 새긴
기념식수 작은 푯돌 안쪽에도
씀바귀 몇 포기 몰래 자리 잡았다
거기가 어디라고

그래도 강심장 씀바귀들
청사 관리팀이 무관심해지기를
적당히 게을러서
푯돌에는 눈길 안 주길 기도하며
세 안 내고 사는데

매일매일을

무관심이 행복한 꽃

매일매일을

돌아보지 않고

적당히 넘어가는 것이 행복한 꽃

땅강아지도 떠났다

흙장난 많이 하던 어린 시절
조그만 주먹 속에 움켜쥐고
가지고 놀던 땅강아지
조금이라도 틈이 보이면
힘센 두 발로 흙을 파헤치고
잘도 숨던 땅강아지

네거리 빌딩 신축 공사장
대형 포클레인이 삽으로 흙을 퍼 올려
25톤 볼보 트럭에 쏟아붓는
기계의 움직임이 너무도 천연덕스러워
꼭 사람의 손과 팔 같아
한참을 지켜보는데

어린 시절 잃어버린 땅강아지가
주먹 속을 빠져나오려고
비비적대고 있었다
나도 모르게 그러쥔 주먹 속을

헤집으며 간질간질
엄지발로 긁어대는 땅강아지

오랫동안 잊었던
흙의 감촉
땅강아지 엄지발의
따뜻한 감촉
메마른 주먹 속에서
꼼질꼼질 되살아나는데

포클레인은 한 차 가득 흙을 싣고
삽으로 꾹꾹 눌러주기까지 한다
트럭은 덮개를 자동으로
날개처럼 펴서 덮고
흙이 떠났다
땅강아지도 떠났다

대지이용원 앞 냉이꽃

낡은 아파트 상가 입구
대지이용원 간판 귀에 매달린
삼색 등은 멈춰 서 있고

겨우내 버려진 화단
빛바랜 붉은 벽돌장 밑에
냉이꽃 한 포기

가녀린 줄기 끝에
좁쌀보다 작은
하얀 꽃송이가

이른 봄
키 큰 하늘
힘겹게 받치고 서 있다

아직도 추운 거리
바람도 낮은 자리

조심스레 발걸음을 옮기는데

붉은 벽돌 틈에 노란 괭이밥풀꽃

신길동 영등포여고 건너편
70년대 붉은 벽돌집
마당 한가운데
유난히 둥글고 큰 진달래나무
봄이면 한철
마당 가득 진달래꽃
볼만했는데

왔다 갔다
꼬부랑 할매
가끔 마당 쓰는 모습 보이더니
언젠가부터 할매 모습 사라지고
아들인 듯 백발의 중늙은이
빗자루와 쓰레받기 인계받아
왔다 갔다 하더니

어느 날은
신길역 가는 골목길

굳게 닫힌 녹슨 철문

붉은 벽돌 틈에

노란 괭이밥풀꽃 한 포기 피었다

전봇대 위의 솜틀집

방배동 골목길
전봇대 위에 올라앉은
솜틀집

사래 긴
목화밭은 어디 가고
솜이불은 어디 가고

낡은 솜 타 주는
솜틀집만 전봇대 위에
덩그러니 올라앉았다

머리에 수건 둘러쓰고
마스크로 입 둘러막고
포실포실 타진 솜을
막대기에 둥글게 말아 올리던
아저씨 아주머니는 똑같을까

오늘은
방배동 골목길 전봇대 위에
'이불꿰매드림'과 함께
핸드폰 번호 써넣고
광고 쪽지로 올라앉아 있다

차도 옆 화단에 고들빼기

오가는 이 없는 내소사 청련암
아침저녁 늙은 보살이 지어준 더운밥에
잘 익은 고들빼기 김장김치로
한겨울 쉬이 났는데

지금도 더러
전라도 고들빼기김치
택배로 시켜 먹으며
그때의 입맛 가늠하는데

그러면서도 몇십 년
고들빼기가 어떻게 생겼는지 몰랐다
그냥 민들레같이 생긴 거 아냐
대궁 분지르면 흰 즙 나오는 거 아냐
그렇게만 알았는데

아뿔싸! 고들빼기 고것이
방배역에서 서울고등학교

넘어가는 고갯길
효령로 차도 옆 화단에
무리 지어 피었구나

차들만 요란하게
넘어가고 넘어오는 고갯길
눈 맞출 사람 없어
노오란 수레바퀴 하늘로 펼쳐 들고
고것이 피어 있구나

인터넷이 일러 주었다
꽃잎도 수술도 모두 노오란 너는
씀바귀가 아니라
고들빼기라고
김치 담가 먹는 고들빼기라고

우리 동네 다이소

우리 동네 다이소에 가면
없는 것이 없다

옛날 육교 위에서
아주머니들 천막 한 평 깔고 앉아 팔던
의자발싸개 행주 채칼 김장봉투
면봉 이쑤시개 드라이버가
단돈 천 원 이천 원

없는 것 빼고 다 있다는
만물 잡화점

살펴보면 모두 다
언젠가 한 번쯤은 필요할 것도 같은데

그러나 닳고 찢어져
굵은 실로 꿰맨
검정 고무신은 없다

감쪽같이 땜빵한
양은 냄비는 없다

어머니의 금이빨

어머니는 저세상 가시면서
금이빨을 두고 가셨다
휴지로 싸고 신문지에 싸서
노란 고무줄로 묶어 놓은

그러고도 작은 복주머니에 넣어
장롱 깊숙이 넣어둔
오래되어 빛이 나지는 않지만
녹슬지도 않은 금이빨 세 개

장롱 속에 숨었다가 들켰으니
이제는 어디로 가야 할까
최고가로 금이빨 삽니다 써 붙인
동네 로또 가게에나 가야 할까

아니면 내 책상 속
빈 안경집 속으로 다시 들어가야 할까
어머니는 저세상 가시고

금이빨은 더 이상 숨을 곳이 없다

길거리 구두 수선방

시커먼 박스 같은
한 평
키 작은 부스에
구두 수선 광택 써 붙이고

푸른 잎 달린
화분 하나
네 발 플라스틱 의자 위에
올려 내놓고

길거리 구두 수선방이
하루 종일 유튜브 보고 있다
벽에 걸린 둥근 시계는
가는 듯 마는 듯 혼자서 가고

나도 모르게 뒷짐을 진다

걸으며 왕왕
손이 슬그머니 등 뒤로 가
뒷짐을 지는 것은
세상 구경만 하자는 노릇은 아냐

구름처럼 흘러가는 생각
먼산바라기로
머릿속을 오갈 때도
어느새 뒷짐을 진다

손은 늘 가만있지를 못해
가방을 들거나
악수를 하거나
주머니 속 라이터 만지작거리지 않더라도

왼발이 나가면 오른손이 나가고
오른발이 나가면 왼손이 나가고
걸으면서도

가만있지를 않는데

보도를 걸으면서도
신호등 앞에 멈춰 서서도
구름처럼 흘러가는 생각
먼산바라기 할 때

나는 나도 모르게
슬그머니 뒷짐을 진다

제3부

불량한 참외들

이쁜 종이박스에 담겨
공판장 가는 트럭도 타지 못한
불량한 참외들
어떻게 비닐하우스 빠져나와
희희낙락 강물 위를 헤엄치며 놀다

이번에는 환경청 사람들
잠자리채에 잡혀
부대에 담기는구나
영문도 모르는 채
고무보트 타는구나

미숙하고
저급하고
상품 가치 없어
사람 입에 닿아 보지도 못한 채 버려진
불량한 참외들

이제는 음식물 쓰레기가 되어
무단으로 버리면 불법이라는데
참외는 유기물 덩어리
강물을 부영양화시켜
녹조가 발생한다는데

이래저래 불량한 참외들
마음대로 강물 위를
헤엄치며 놀지도 못하고
잠자리채에 붙잡혀
고무보트 탄다

상품 가치 없으면
그저 노오란 골칫덩어리
불량한 참외들
어디로건 마음대로
갈 곳이 없다

소소한 감정은 얼마나 먼 거리냐

1922년 1월 『개벽』지에 발표되었다는
소월의 시 「엄마야 누나야」
그 시를 에프엠 라디오에서
노래로 듣는 것은 얼마나 먼 거리냐

1초에 지구를 일곱 바퀴 반 돈다는
빛의 속도와 같은 전파가 백 년을 달려온
시는 얼마나 먼 거리냐
노래는 얼마나 먼 거리냐

앞뜰에는 금모래 반짝이고
뒷문 밖에는 갈댓잎 서걱이는
부서지지 않은 강변에서
단란하게 산다는 것은 얼마나 먼 거리냐

조가비같이
작고 아름다운 마음
소소한 감정은 얼마나 먼 거리냐

소소한 풍경은 얼마나 먼 거리냐

캘린더는 추분 나는

휴대폰 캘린더에는
오늘이 추분이라는데
밤과 낮의 길이가 똑같다는데

한낮 네거리 신호등 앞
서리풀 원두막이라 써 놓은
커다란 양산 밑에 서서

나는 어디로 가야 할까
가을로 가야 할까
여름으로 가야 할까

갈수록 여름은 길어지고
더위는 지치는 기색도 없이
아스팔트 길목 지키고 서 있는데

캘린더는 추분 나는
도시의 원두막 아래 서서

어디로 가야 할까

밤으로 가야 할까
낮으로 가야 할까

구상나무의 떼죽음

지리산 꼭대기 몇 번을 오르며
더러 본 고사목은
하얗게 뼈만 남은 모습이
의젓해 보였는데

비바람 눈보라에
푸른 살은 모두 지우고
부러진 가지 하얗게 마른 뼈가
강건해 보이기도 했는데

이제 인터넷 신문 기사는
구상나무들 떼로 죽어
봉우리 하얗게 뒤덮으며
죽음의 전시장이 되었다고 전한다

빙하기 때 번창하다가
추운 날씨가 물러가면서는
높은 산을 피난처 삼아

끈질기게 살아남았다는 구상나무

한국 특산종인데 어떻게
유럽에 반출되어 그곳에선
한국전나무Korean Fir라 부르며
크리스마스트리로 인기가 높다는데

이제 온난화와 적설량 부족으로
기후 스트레스를 더는 이기지 못하고
떼죽음으로 몰죽음으로
산꼭대기 하얗게 뒤덮는다니

원추형 푸르고 아름다운
원조 크리스마스트리를
덮어오는 하얀 죽음의 너울이
더 이상 해프닝이 아니구나

이젠 가릴 것도 없는 민낯으로

빙하처럼 서서히

푸른 살을 허물며

하얀 뼈들이 산을 내려오고 있다

계약 재배 장다리꽃밭

돌담길 구경하러 갔는데
장다리꽃이 한창이다

가다가 끊어지고
다시 이어지는 돌담길

담 없는 길가 너른 밭은
장다리꽃이 한창인데

아무렴 어때 외국계 종묘회사
씨받이 장다리꽃이면 어때

정렬된 고랑 검은 비닐 뚫고
초록빛 길찬 장다리는 올라

돌담길 반교리는
오늘 노란 꽃대궐이다

고사리꽃

고사리에 무슨 꽃이 있것소
그냥 내가 부르는 거제
고사리꽃
봄이면 마른 풀대 사이로
쏙 쏙 솟아오른
어린애 주먹 같은
고거이 이뻐서
고거이 꽃 모양으루 이뻐서

고것 꺾는 재미에
하나 꺾으면
허리 한번 펴고
하나 꺾으면
또 허리 한번 펴고

눈에 보이니께
하나 꺾으면
그 곁에 또 하나가

거기 보이니께
무슨 횡재냐 싶어
고 재미에
내 허리가 이 모냥이 돼부렀제

그러나 후회는 없어
이걸로 자식들 다 가르쳤응게
후회는 없어
이거 아니라도
허리는 세월 따라
꼬부라졌을 거 아닌가

누렁소와 참새

축사 굵은 철봉 사이로
머리를 내민
누렁소들이 부지런히
아침밥 먹고 있는 사이

바로 코앞에서
참새들
시멘트 바닥에 내려앉아
함께 밥을 먹고 있다

누렁소는 볏짚 씹어 넘기며
바닥까지 깨끗이 핥아대고
참새들은 떨어진 나락인지 뭔지
종종거리며 부지런히 쪼아대고

평화로운 아침 풍경
몇백 kg의 누렁소와
몇십 g의 참새가 마주 앉아

아침 식사를 하는데

그러나 풍경은 거기까지

어느 날은
누렁소 아침밥 먹고
도축장으로 트럭 타고 떠나고
참새는
소 사료 축낸 죄로
파리 잡는 찐득이에 걸려 죽는다

파란 축사 지붕 위로
하얀 구름은 떠가고

고놈들 눈빛 때문에

인공수정 때부터 유전자를 따지고
온갖 좋다는 사료를
사서 먹이고 만들어 먹이며
오로지 고기 맛이 좋은 소를
살찌게 길러 1등급 왕이 된
30년 소 농사꾼도

송아지 보는 맛에 소를 키우고
송아지 순진한 눈빛을 보면 힐링이 된다는데

송아지 한 마리 잘못해서 죽으면
몇백만 원이 눈앞에서
호르륵 연기처럼 사라진다고
송아지 태어나면 주사부터 챙기고
입만 열면 돈 계산이지만

고놈들 눈빛 때문에
고놈들 순진한 눈빛 때문에

공장처럼 축사 고쳐 짓고
사료가 때맞춰 자동으로 떨어지는
컴퓨터 설비 들여놓으며
수억대의 조합 빚 짊어지고 산다

웨하스 한 봉지에 소주 한 병

진흙 묻은 장홧발에
빛바랜 면민체육대회 모자
벗어 놓고

아침참부터
웨하스 한 봉지에
소주 한 병

봄이면 가끔
울적해질 때가 있지요

동네 점방 앞
코카콜라 파라솔은 놔두고
고사리 널어 말리는
평상 한구석에 걸터앉아

일흔 바라보는 나이에
감나무 집 박씨는

올봄이 유난히 힘에 부친다

손자 손녀 맡기고
도망치듯 사라진 아들 녀석은
몇 해째 아무 소식도 없고

세월 건너는 섬

겁나게 맛나유, 자연산이라
보이는 게 모두 자연산인
팔십 과부 할머니들
세 집이 번갈아 가며
밥해 먹고 산다네

보령 녹도 방파제 내다보이는
돌담 곁 화덕
양은솥에 미역 넣고 국 끓이다가
깐 굴 한주먹 던져 넣고
수제비 뚝뚝 끊어 넣고

불 가에 모여 앉아
미역굴수제빗국 한 대접씩
손에 들고 떠먹으며
어허 속 풀어지네
욕심 낸다구 되간디

오늘 하루 또 한 끼 여의며
세월을 건너는 섬이 있다

동강할미꽃

정선 동강 가
높다란 석회암 절벽
바위틈에 발을 묻고
하늘 향해 피는 꽃

무덤가 잔디밭 양지 녘은 놔두고
낭떠러지 바위틈에
강바람 맞으며
비바람 맞으며

벼랑 위에 피는 꽃
벼랑 위에 지는 꽃

비 개이면
보랏빛 꽃잎은 강물 위에 지고

하얀 머리칼에 씨앗 묶어
바람에 날릴 때

동강할미꽃은

심호흡으로 허리 한번 편다

꽃망울만 발롱발롱

백 년 가까운 세월을 사신
장흥댁 할머니의 말씀

작약꽃 꽃망울이
발롱발롱
피어나는 것도
재미지지만

사람이 태어나서
새끼가
발롱발롱
크는 게 젤로 재미지다는데

인적이 끊어진
옛집 빈 뜨락
작약꽃은 그 말씀
알랑가 모를랑가

내 이름은 아이리스

새끼줄 걸어 나팔꽃 키우던
어머니 꽃밭에
꽃봉오리 모양이
먹물 반쯤 머금은 붓과 같아
붓꽃

화툿장 5월에도
올라앉아 있는 꽃
고흐의 그림에도 올라앉아 있던가
어릴 적에는 더러
난초꽃이라고도 불렀던 것 같은데

여름 들어가는 길목
꽃밭 한구석에 자리 잡고 서서
긴 꽃대 끝에
잉크빛 꽃
잉크빛 꽃 이쁘게 피웠는데

이제 붓도 잉크도
저만치 멀어진 세상에
꽃 좋아하는 아가씨들
붓꽃을 아이리스라고 부른다네

텔레비전에서는
걸 그룹 아이리스가
찢어진 청바지에 핫팬츠 입고
요정처럼 춤추며 노래하고

이제 소를 보려면 마트에 가야 한다

동네에 들판에 탕탕탕탕
경운기 디젤 엔진 소리
메아리치기 시작한 후
소는 노동에서 해방되었다

코뚜레 꿴 채
멍에 멘 채
쟁기 끌던 소는
논밭에서 영원히 사라지고

누렁소는
용도가 폐기되는 대신
용도가 변경되어
축사에 갇혀 비육되기 시작했다

비육우라는 말은 국어대사전에도 올라
질 좋은 고기를 많이 내기 위하여
특별한 방법으로 살이 찌도록 기르는 소라고 되어 있다

오랜 세월 남새로 채워 왔던 우리의 배를
고기로 채우는 시대가 오고

이제 소를 보려면 마트에 가야 한다
마블링 이쁘게 저미어
플라스틱 용기에 단정히 포장되어
인공수정 유전자 정보부터
도축한 날짜까지
온갖 정보 인쇄한 라벨 붙이고

노동에서 해방된 소는
이제 분홍 불빛 환한 냉장 진열대에
가지런히 누워
손님 기다리며 졸고 있는
고기가 되었다

제4부

아득이 지명

금강 물 굽이 돌아
모래사장이
얼마나 아득했으면

그 모래밭을
하루 종일 걸어나가
물고기 잡고
하루 종일 걸어 돌아와
물고기 굽고

불가에 모여앉아 올려다본
하늘의 별들이
얼마나 아득했으면

청주시 상당구 문의면 가호리에 있던
아득이마을阿德里에는
아득한 옛날부터 사람이 살아
아득이마을의 고인돌 유적에서 발견된 아득이돌판은

가로 23.5cm, 세로 32.5cm의 작은 크기지만
표면에 크고 작은 홈이 65개나 파인 것이
기원전 500년경의 천문도라는데
북두칠성, 작은곰자리, 용자리, 카시오페이아를
쪼아 만든 것이라는데

1980년 대청댐이 건설되면서
사람들은 아득이마을을
물속에 두고 떠났다
별과 함께 아득이 지명을
모래에 묻고

꼴두바우 진달래꽃

지금은 문 닫은
세계 최대의 텅스텐 광산촌
영월군 상동읍 구래리
꼴두바우는 작은 산처럼
우람하게 솟아

돌아서
떠날 때쯤에야 보입니다
아스라이
먼 꼭대기
바위 벼랑

진달래꽃은
분홍도 지쳐
희미한 거리
돌아서 간
그대 뒷모습

꼴두바우는 작은 산처럼

여전히 우람한데

지나간 시절

추억은

그리도 쉽게 색이 바래는 걸까요

몽마르뜨공원에는 아카시아꽃 향기가 숨어 살지

원래가 아카시아나무 우거진 야산이었던 것을
산 위에 6,000여 평 반포배수지 만들고
그 위에 흙 깔고 잔디 덮어 만든 몽마르뜨공원
아래쪽에 있는 서래마을에 프랑스 사람들 많이 살아
몽마르뜨공원이라 이름 붙였는데

장미도 심고 무도회 조각상도 세우고
파리 몽마르뜨언덕의 화가들
고흐, 고갱, 피카소 포토존도 만들고
랭보의 시비도 세워
애써 프랑스풍으로 꾸며놓았는데

봄이 깊어 고향 땅에
뻐꾹새 울 제면
수종갱신사업으로 모두 베어낸
아카시아나무들 숨었다가 되살아나
산을 온통 아카시아 꽃향기로 뒤덮는다

녹음 우거지면 종적을 감추지만
먼 데 뻐꾹새 울고
봄이 마냥 깊어질 제면
산비탈 여기저기 오솔길에
아카시아 꽃향기로 넘실거린다

콜롬비아산 백장미

느티나무 꼭대기
빨갛게 물들이며
동네 가로수에도
가을은 깊어가는데

적막한 식탁
백열등 불빛 아래
초록색 하이네켄 맥주병 속에
백장미 한 송이 피었다

콜롬비아 보고타에서 비행기 타고
마이애미 거쳐 인천공항 거쳐
고속터미널 꽃시장에서
우리 집 연립주택 4층

시차 적응도 없이
숨 가쁘게 달려와
주먹만 한 꽃 피웠다

생생하게 푸른 잎 달고

마약같이 진한 향기 내뿜으며
콜롬비아산 백장미
주사 하나 안 맞고도
비단같이 하얀 꽃 피웠다

고향은 지척이다
비행거리는 23시간 1만6,000km

도팍골 돌담길은 경계가 없다

부여 반교마을은
제주도보다도 돌이 세 개 더 많아
도팍골(돌팍골)
그 돌로 집도 짓고
담장도 쌓고 밭도 둘렀는데

돌담길은
시작도 모르고
끝도 몰라
경계를 이루면서도
경계를 몰라

미로처럼 동네 곳곳 기어가다
끊어지면 아무개 집 마당
다시 이어지다 끝나면
채송화 봉숭아 접시꽃 옹기종기
주인 없는 꽃밭이 된다

호박돌 바닥에 놓고
막돌로만 물리어 건성 쌓은
길은 집이 되고
밭이 되고
도곽골 돌담길은 경계가 없다

구례 산동마을 산수유

구례군 산동면山洞面은
세종실록지리지 때부터도
골 동洞 자를 써서
산골을 나타내던 지명

서시천이 고을 가운데를 흘러
섬진강으로 흘러드는
지리산 아래 골짜기
사방 산으로 둘러싸인 동네

돌담 사이 산수유 지천으로 피어
노오란 꽃멀미가 나는데
계천리 계척마을 산수유 시목은
천년을 한 자리에 서서

봄이면 하늘 가득
노란 꽃 피우고
가을이면 하늘 가득

빨간 산수유 열매 맺어

그 앞에 서면
아득한 세월의 멀미
시간의 블랙홀 속으로
속절없이 빨려들고야 만다

글씩이모팅이

남해섬 이동면 석평마을
글씩이모팅이는
글씬뭉팅이라고도 불렀는데
해안에서 돌아 들어가는 산모퉁이
큰 바위에 글씨 새겨져 있어
글 쓰인 모퉁이가 변하여
글씩이모팅이가 되었다는데

지금부터 20여 년 전만 해도
국도 확포장 전만 해도
향을 두룡개 아래에 묻어
미륵부처님께 바친다는
한문이 새겨진 바위가
길 바로 옆에 있었다는데

유식한 이라면 매향비라 불렀을 텐데
무식한 이에게는 그냥 글씨 쓰인 바위
글씨보다는 마음

갯벌에 향나무를 묻어
천년이면
미륵님께 올릴 침향이 된다고 믿었던 마음
미륵님 기다리던 마음

이제 오랜 세월 지나
단지 천년의 향기
기다리던 마음만이
길모퉁이에 서서
누군가를 하염없이 바라고 있다

우리 동네 쇠면이

소설가 이문구 선생이
재떨이 놓고 방바닥에 엎드려
우리 동네 김씨 우리 동네 이씨
연작소설을 쓰던
화성군 향남면 행정리 205번지
쇠면 마을은

에세이 '남의 하늘에 묻어 살며'에는
동네 사람들과 친해지기 위해
동네 사람이 되기 위해
동네 상갓집에 달려가
속필로 부고 봉투 쓰는 일을 떠맡아 하면서
우리 게(동네) 이름이 쇠면이며
둘레 부락들은 분비 앞고래, 개내벌, 덕지, 쌀뿌리,
밭더굴, 안더굴, 낮머리, 샘골, 자치울 따위로 불린다는 것을
짯짯이 알게 된 사연을 적어 놓았는데

쇠면 마을은
조선 시대에 수원부의 서면西面
면 소재지가 이 마을에 있어
서면에서 세면, 쇠면으로 바뀐 이름이라고 하는데
지금은 향남신도시 개발로
고층 아파트 단지들이 장벽을 이루었다

우리 동네 사람들이 뻔질나게 드나들던
발안 동네도 다인종 다문화 지역이 되어
베트남 인도네시아 인도 네팔 필리핀 중화인민공화국
수많은 국적의 점포들이 늘어서 있어
딴 나라 딴 세상이 되었는데

우리 동네 시절로부터 40년 남짓한 세월이다

오리산은 배꼽산

백두산이나 한라산같이
거대한 폭발은 없었지만
오리산은 땅껍질 벌어진 틈으로
용암이 꿀렁꿀렁 흘러나와

백두산이나 한라산같이
거대한 화산체를 형성하진 않았지만
꿀렁꿀렁 흘러나온 용암은
거대한 평원을 이루어

오리산은 철원평야의 태반
한탄강의 자궁
사람들은 오리산을
한반도의 배꼽이라 부른다

6·25 때는 철원-평강-김화
철의 삼각지대를 서로 차지하기 위해
용암대지를 피로 물들이고

맥아더 사령부는 평강고원을
핵폭탄의 가상 표적으로 삼기도 했다는데

지금 오리산은
휴화산
분출구의 둘레가 5리라는
오리산은 휴화산

언제 다시 그 배꼽에서
용암을 꿀렁꿀렁 토해낼지 몰라
한탄강 협곡을 다시
붉은 울음으로 채울지 몰라

고성 아야진항

눈 덮인
진부령 넘어와

바다로 길게
발 뻗은

방파제 끝
빨간 콘크리트 등대는

손이 시려
발이 시려

바다와 하늘
경계마저 지워진

허공에
걸린 실구름

감귤나무의 북상

겨울밤이면 바다 건너와
카바이드 불빛 아래 리어카 위에 수북이 올라앉아
새콤달콤 젊은 연인들 손길을 붙잡았던
황홀한 남국의 열매

그 시절 감귤이 북상한다네
감귤나무가 북상한다네
한라봉 천혜향 레드향 황금향이
태풍처럼 북상한다네

남해안에 상륙했다는 것도
오래전 얘기
이젠 전북 충남 거쳐
한강을 넘었다는구나
DMZ를 눈앞에 두고 있다는구나

강남의 귤이 회수를 넘으면
탱자가 된다는 것도 옛말

제주 감귤나무
푸른 잎에 주렁주렁 노란 불 밝히고
서울 가까울수록 더 생생하다는구나

제주가 세계의 감귤 재배지역 중에
최북단이었다는 것도 옛말
이제 한계선을 넘어
북으로 북으로
태풍처럼 올라온다는구나

꼼짝없이 서울 바닥에 앉아
DMZ 감귤 아니
대동강 감귤 아니
압록강 감귤
맛볼 날도 멀지 않은 것 같은데

그때까지 나는 살아 있을란가
너는 살아 있을란가

제주도는 물에 잠기지 않을란가

봄날 이수나루터

옛날 반포리와 사평리 사람들이
삼남대로 왕래할 때 건넜다는
이수나루터

반포천 산책길
봄 햇빛 가득한
이수나루터에 서면

지금도 개울 건너
갯마을 지나 승방뜰 지나
남태령 여우재 넘어

남으로 남으로
괴나리봇짐에 짚신 매달고
가는 나그네

과천 새 술막에 들러
막걸리 한잔 걸치고

126

구름처럼 가는 나그네

봄 햇살에 부신 눈뜨면
열 지어 선 교각 밑으로
복개된 사당천이 동굴처럼 입을 벌리고
머리 위로는 이수교차로가 덩굴처럼 얽혀

반포천과 방배천 합쳐지는
두 물줄기 이수는 그대로지만
봄날 이수나루터
길은 더 이상 갈 수가 없다

서래섬은 추억 속에 붐빈다

호수같이 잔잔한 한강
푸른 물에 기대어
동작나루 수양버들도 흐느적대는
오월의 한낮

곧게 밀어 올린 꽃대에
사방으로 내뻗은 가지마다
노란 십자화 모여 앉아 재갈재갈
유채꽃 만발한 반포한강공원 서래섬은

옛날에는 과천현에 속한 모래섬
바둑 기 자 기도棋島
바둑섬이라 불렀다
바둑 좋아하는 사람들은
바둑돌을 채취하던 곳이라고 추정하기도 하지만
사실은 바둑판처럼 판판해서 바둑섬

정조 때 영의정 채제공은 시에서

바둑섬 무너진 모래 무수히 흘러내려
동작진 다니는 길 위치 늘 옮기었네라고 썼던
움직이는 모래섬

1960년대 한강종합개발로 사라질 뻔했다가
1980년대 올림픽대로 건설하면서
콘크리트로 호안공사하고
더는 흐르지 않게 만든 인공섬

지금 사람들
물길 따라 수양버들 심고
때 되면 청보리 유채 해바라기 메밀 심어
서래섬은 추억 속에 붐빈다

방배동 새말어린이공원

을축년 대홍수는 얼마나 대단했던지
지명 검색 작업하다 보면
곳곳에 을축년 대홍수 얘기가
낚싯바늘에 걸려 온다

1925년 을축년 대홍수 때
한강도 물줄기가 바뀌어
본류이던 잠실섬 남쪽의 송파강(석촌호수)이 지류로 바
뀌고
지류이던 북쪽의 신천이 본류가 되면서
송파강에 있던 송파나루
송파장은 흔적도 없이 사라졌는데

바로 그때
관악구 동작동 갯마을 주민들도 물난리 피해
서초구 방배동 입구로 이주하여
새로 마을을 만들고
새말이라고 불렀다는데

지금 마을은 쫓기듯
다시 어디론가로 사라지고
작은 어린이 놀이터 하나가
새말어린이공원이라는 이름으로 남아
옛 자취 전한다

목숨을 건 이주의 역사가
때론 물처럼
허랑하고 맹랑하다

똥그랑산 혹은 쪽박산

똥그랑산은
서초구 방배동에 있던 산이라는데
쪽박산이라고도 하고
쪽박을 엎어 놓은 것처럼
똥그랗게 생겨 똥그랑산이라는데

방배동 천촌말 근처에 있었다는데
언제 어떻게
소리 소문도 없이
불도저가 마을을 밀어버리고
산도 밀어버렸다

졸다 깨다 사라져 버린
똥그랑산
지상에서 영원히
지도에서도 영원히
흔적도 없이 사라져 버린 산

이제는 지명사전에 이름만 남긴 채

길이 되어 버린

산

아파트가 되어 버린

산

도구머리 고갯길

방배5구역 재건축 단지
높다란 강철 펜스
끝나는 곳에 산언덕
커다란 벚꽃나무 눈부신데

십여 년 만에 다시 걷는
도구머리 고갯길
새우개공원 산언덕에
철 늦은 벚꽃나무 만발했는데

십여 년 만에
벚꽃나무들은 키가 훌쩍 자라
이제는 고개 들어 보아야
꽃가지 볼 수 있는데

방배5구역 재건축 단지
33층 아파트 3천 가구 들어서면
고갯길은 어떻게 바뀌려나

산언덕은 또 어떻게 바뀌려나

옛날 과천에서 남태령 넘어와
한양 들어서는 길머리라서
도구머리 고갯길
철 늦은 벚꽃나무만 눈부시다

시의 생태적인 회복을 꿈꾸며
—발문을 대신하여

윤재철

　　모두 62편의 신작시로 아홉 번째 시집을 엮는다. 여덟 번째 시집 『그 모퉁이 자작나무』를 내고 2년 만이다. 비교적 짧은 기간 안에 또 한 권의 시집을 완성할 수 있었던 것은 시간적으로나 정신적으로 그만한 여유가 있었기 때문이다. 그 사이에 10여 년을 끌어온 지명 탐구 작업을 『우리말 땅이름 1~4』(도서출판 b)로 완간하고 좀 쉬자고 마음먹었던 것이다. 결국 쉰다는 것이 시 작업으로 대체된 것인데 산문 작업의 중노동에서 해방된 점에서는 시 작업이 내겐 휴식에 값하는 것이었다.

　　그런데 내용적으로는 우리말 땅이름 작업으로부터 그렇게 자유롭지 못하다는 것을 뒤늦게 깨달았다. 『우리말 땅이름 4』는 '지명에 새겨진 생태적인 기억들'이라는 부제를

달았는데 이는 우리말 동식물 지명, 세간살이 지명에 대한 탐색으로 이루어진 내용을 반영한 것이었다. 그래서 그랬는지 시 작업이 바로 이런 생태적인 탐색이나 고민으로부터 자유롭지 못했던 것이다. 이번 시집에 꽃이나 나무, 풀을 제재로 한 시들이 많은 것이 우연이 아니었던 것이다. 물론 이제까지 내 시 작업의 많은 부분이 자본주의와 물질문명에 반발하는 생태적인 탐색과 고민에 놓여 있어 그 연장선으로 생각할 수도 있지만, 이번 시집만큼 짧은 기간에 집중적으로 이루어진 적은 없었기 때문에 새로운 의미를 부여할 수 있을 것 같았다. 처음부터 특별하게 계획하고 의도하지는 않았지만 자연스럽게 그런 결과에 이르게 된 것이다.

사라져 가는 것들에 대해 추억하는 것은 단지 연민만이 아니다. 그것이 회복되기를 바라는 마음이 늘 바탕에 놓여 있다. 또한 생태라는 것이 단순하게 동식물에 대한 관심이나 애정만을 의미하지 않고, 자연과의 조화와 뭇 생명에 대한 외경을 내포한다는 것이 더욱 가슴에 사무쳤다. 내가 카센터 건물 모퉁이에서 기름때 낀 채 핀 민들레꽃이나 도심 차도 옆 화단에서 매연을 마시며 핀 고들빼기꽃을 두려운 눈빛으로 바라보는 이유도 그런 것이다. 또한 사과나무나 감귤나무의 북상을 두려운 마음으로 지켜보는 것도 같은 이유가 될 것이다. 생태 문제는 어느새 생존의 문제로 우리 곁에 다가와 있는 것이다.

"연분홍 치마가 봄바람에 휘날리더라 / 오늘도 옷고름 씹어 가며 산제비 넘나드는 성황당 길……"로 시작하는 대중가요 〈봄날은 간다〉(1954년)는 제목이며 가사 내용이 시적이면서 아름다워 많은 사람들의 사랑을 받았다. 특히 '연분홍' '옷고름' '산제비' '성황당' '앙가슴' '신작로' '꽃편지' '청노새' 같은 말의 쓰임은 전통적이면서도 서정적인 분위기를 한껏 북돋아 주고 있다. 노래 중 공간적인 배경으로 제시된 '산제비 넘나드는 성황당길'(1절)이나 '청노새 짤랑대는 역마차길'(2절), '뜬구름 흘러가는 신작로길'(3절) 등은 지금은 찾아볼 수 없는 것들이지만 여전히 우리의 상상력을 강하게 자극한다. 어느 날 도시 한복판에서 연분홍 치마를 닮은 메꽃을 발견했을 때 내가 받은 충격도 그와 비슷한데, 영영 사라져 버린 줄만 알았던 그래서 까마득히 잊었던 메꽃이 도시 한복판에 들어와 살고 있었던 것이다. 아니 진즉부터 함께 살고 있었지만 내가 뒤늦게 알아차린 것에 불과했다.

첫 번째 이야기 ─ 해바라기는 검은 얼굴을 가졌다

우크라이나 국기는 간단하면서 분명하다. 직사각형을 둘로 나누어 위는 푸른색, 아래는 노란색을 쓴 2색기이다. 복잡하지 않고 단순해 보이면서도 강한 인상을 준다. 느낌 또한 자극적이지 않고 아주 밝고 따뜻하다. 푸른색이 깨끗하고 쾌활한 느낌을 준다면 노란색은 부드럽고 다정한 느낌을 주는 것이다. 국기가 단순하면서도 밝고 따뜻한 느낌을 주는 데에서 우크라이나라는 나라에 대해서도 어떤 친근감을 느끼게 되는데, 세계 여러 나라의 국기 중에 인상적인 국기임에 틀림없어 보인다.

우크라이나 국기는 독립 이전부터 사용하던 것이라고 하는데 푸른색은 하늘, 노란색은 광대하고 비옥한 국토를 상징한 것으로 알려져 있다. 특히 노란색을 놓고는 구체적으로 끝없이 펼쳐진 밀밭을 상징한 것이라거나 해바라기밭을 상징한 것이라고 해석하기도 한다. 모두 우크라이나의 넓은 농지에서 재배되는 대표적인 작물이 국기의 노란색으로 표현된 것이라고 본 것이다. 일리가 있는 해석인데, 우크라이나의 농지는 대체로 검은색을 띠는 흑토지대이지만 재배하는 작물은 노란색을 띤 밀, 옥수수, 해바라기 등이 주를 이루기 때문이다. 어쨌든 우크라이나 사람들에게 검은빛이나 황톳빛 땅 색보다 노란색이 더 친근한 대지의 색으로 여겨졌을 것이라고 생각해 볼 수 있다.

우크라이나는 국토의 95%가 평지인 나라이다. 산지가 70%인 우리나라로서는 상상이 잘 안 되는 지형이다. 또 국토의 80%가 경작 가능 지역이며 이 중 60%가 비옥한 흑토지대라고 한다. 이는 전 세계 흑토의 25%에 해당하는 것으로 우크라이나가 축복받은 땅임을 알 수 있게 해 준다.

흑토는 말 그대로 검은색 흙으로, 땅에 부식된 식물층이 두껍게 덮여 있어 토양이 비옥하고 작물 생산에 유리하다. 흑토지대는 강수량이 적어 삼림보다 초지를 주로 이루고 있는데, 중요 곡물 생산 지대이기도 하다. 이로 인해 우크라이나는 '유럽의 빵 바구니'라는 소리를 들었으며 지금도 세계적으로 주요 곡물 수출 국가이기도 하다.

우크라이나의 수출 농산물 중에 밀, 옥수수 다음을 차지하는 것이 해바라기씨와 해바라기씨 기름이라고 한다. 특히 해바라기씨 기름은 독보적인데 전 세계 해바라기씨 기름 수출량 중 54%를 차지하며 매년 약 47억 달러 정도를 벌어들인다고 한다. 해바라기씨 기름 수출 1위 국가로 2위인 러시아보다 훨씬 많다. 우리나라도 해바라기씨 기름 수입량의 절반 이상을 우크라이나에서 들여온다. 해바라기는 우크라이나의 국화이기도 한데 7·8월이면 넓은 우크라이나의 흑토지대에 해바라기밭이 바다처럼 펼쳐진다고 한다. 모름지기 우크라이나는 해바라기의 나라인 것이다.

오래전 이탈리아 영화에 〈해바라기〉(1970)라는 것이 있었다. 영화도 영화지만 소피아 로렌이라는 여배우가 열연을 하고 이탈리아계 미국 작곡가 헨리 맨시니의 주제곡 〈사랑의 상실loss of love〉로도 많이 알려졌다. 영화는 우크라이나 남부 헤르손 등지에서 촬영됐다고 하는데. 수도 키이우(키예프) 남쪽 500km 지점이다. 이곳도 해마다 여름이면 광대한 해바라기의 바다가 펼쳐진다고 한다. 영화에서 조반나(소피아 로렌 분)는 2차 세계내선(독소전쟁) 때 무솔리니에 의해 징집되어 돌아오지 않는 남편이 "돈강 근처에서 낙오했다"는 말을 듣고 남편을 찾으러 우크라이나로 간다. 이탈리아 군인들이 참전했던 지역으로 기차를 타고 갈 때 차창 너머로 그 유명한 해바라기 평원과 헨리 맨시니의 해바라기 테마송이 감미롭게 흘러간다. 그러나 조반나가 해바라기밭에서 만난 현지 주민은 "해바라기 들판 아래에는 이탈리아와 독일 군인, 러시아와 우크라이나 전쟁 포로들이 가득 묻혀 있어요. 아마 당신 남편도 저 해바라기 아래 묻혔을 겁니다."라고 말한다. 우여곡절 끝에 남편을 찾았지만 남편은 그를 살려준 우크라이나 여자와 살고 있고…….

독소 전쟁 당시 우크라이나 흑토지대에서는 군인이나 민간인 희생자가 얼마나 많았는지 통계를 낼 수 없을 정도라고 한다. 광활한 해바라기 평원에서 2차 세계대전 중 수백만 명의 군인들이 뒤엉켜 싸웠고, 우크라이나 민간인을 포함한 희생자가 500만~700만 명에 이른다는 보고도 있다. 어쨌든 상상을 불허하는 어마어마한 숫자인 것은 분명해 보인다. 흑토지대 광활한 평원은 축복받은 땅이고 많은 사람을 살리는 땅이지만 동시에 많은 사람을 죽이는 땅이기도 한 것이다. 살아남은 사람들은 봄이면 다시 씨앗을 뿌리고, 농작물들은 인간의 다툼에는 아랑곳없이 봄이면 들판을 푸르게 뒤덮고

가을이면 노랗게 들판을 물들인다. 얼핏 생각해서는 비정해 보이지만 그것이 대지의 운명이다.

2022년 2월 24일 러시아는 나토에 가입하려는 우크라이나를 침공했다. 얼마 지나지 않아 러시아가 점령한 우크라이나의 어느 도시 거리에서 찍힌 듯한 동영상 하나가 전 세계에 퍼져나가며 큰 호응을 얻었다. 검정색 외투를 입은 한 우크라이나 할머니가 중무장한 러시아 군인에게 거세게 항변하는 영상은 "러시아 놈이 왜 여기 있어? 너희는 파시스트 점령군이야! 주머니에 해바라기씨나 넣어둬라. 네가 이 땅에 쓰러지면 해바라기가 자랄 테니."라는 말을 담고 있었다. 엄청난 저주의 말이 하나도 저주스럽지 않게 할머니의 입을 통해 나왔다. 해바라기 탓이다. 해바라기씨를 죽음의 씨앗으로 표현한 것이다. 다분히 문학적인 표현이면서 우크라이나의 현대사를 압축한 통렬한 비유이기도 했다.

우크라이나 전쟁은 끝날 기미가 보이지 않는다. 시작부터 세계전 양상을 띠고 전개되고 있는 싸움은 어느 한쪽이 완전히 이기거나 질 수 있는 싸움이 아닌 것으로 보인다. 지루한 세 겨루기 싸움이 계속될 것 같다. 그러면서 사상자는 갈수록 늘어나고 흑토지대를 양측 병사들과 민간인의 피로 물들이고 있다. 썬플라워, 해바라기는 늘 햇빛을 바라고 살지만 검은 얼굴을 가졌다. 검은 씨앗을 가졌다. 노오란 해바라기밭 밑에는 검은 땅 우크라이나가 신음하며 누워 있다. 하늘은 깨질 듯 푸른데.

두 번째 이야기 — 사과나무의 북상

대구 하면 사과라는 말이 튀어나올 정도로 대구가 사과로 이름을 날리던 시절이 있었다. 서울, 부산에 이어 우리나라 3대 도시로 꼽히면서도 1960~70년대 대구는 대표적인 사과 산지로 전국 수확량의 80%를 담당하기도 하였다. 이러한 전통은 일제강점기로부터 이어져 온 것인데 당시에도 사과 하면 대구를 우선 꼽았고, 그 기세는 6·25를 거치면서 계속되어 1960~70년대에 절정을 이룬 것이다.

그때 사과를 많이 먹어 대구에는 미인이 많다는 소문(?)도 돌았다. 실제로 대구에서는 매년 미인대회를 열고 '사과미인'을 뽑기도 했다. 명칭은 '능금아가씨'였다. 대구시민축제와 함께 대구능금잔치를 개최하면서 능금아가씨 선발대회를 연 것이다. 이때 '능금아가씨'는 사람들 눈길을 확 끌어당겼고 전국적으로 유명세를 탔다. 그런데 이런 공식대회 명칭에서 '능금'이라는 말을 쓴 것이 특이했다. 능금은 원래 우리의 재래종 사과를 부르던 말인데 그 말을 그대로 살려 쓴 것이다. 물론 일제강점기부터 '대구 능금'이라고 브랜드처럼 부른 말이기는 하다. 실제로 대구 능금은 선교사들이 가져온 서양 사과에 재래종 능금을 접붙여 만든 것으로 알려져 있다. 어쨌든 품종은 전혀 다른 것인데 명칭은 옛

144

사과 이름인 능금을 살려 쓴 것이다. 지금도 이 지역의 사과 협동조합의 명칭은 대구경북능금농업협동조합으로 사과 대신 능금을 고집스레 사용하고 있다

이렇게 전국에 명성을 떨치던 대구 사과는 1980년대에 급격한 쇠락을 맞이하게 된다. 도시화가 진행되면서 과수원이 공장이나 택지로 전환된 탓도 있지만 주된 이유는 기후 변화에 있었던 것으로 보인다. 대구 지방의 계속되는 기온 상승과 일교차의 감소로 재배 농가가 줄고 사과 재배지가 북상하기 시작한 것이다. 1970년대 대구와 경산 등 경북 남부지역에 집중됐던 사과 재배지가 2000년대 들어 의성과 문경, 청송 등 경북 북부지역과 산간, 고랭지 지역으로 이동한 것이 재배 면적과 생산량의 통계치로 확연히 드러난다. 사과의 생육 기간인 4~10월의 평균 기온과 일교차가 재배지역이 북상한 가장 큰 원인이라는 연구 결과도 나왔다.

이렇게 시작한 사과나무의 북상은 단지 대구를 벗어나 경북 북부에서 멈출 수 있는 성격의 것이 아니다. 그것은 지구온난화와 궤를 같이하며 멈추기는커녕 오히려 가속화되어 사과의 재배지는 포천, 연천 등 경기 북부는 물론 강원도 전역까지 크게 확대되고 있는 상황이다. 강원도 농민들도 고랭지 배추밭을 뒤엎고 사과나무를 앞다퉈 심고 있다고 한다. 정선은 강원도 내 최대 사과 재배지가 되었고,

남한의 최북단인 강원도 양구 사과도 유명세를 떨치고 있다. 양구 펀치볼도 이제 특산물로 시레기와 함께 사과를 내걸고 있다. 사과와 포도는 강원도가 기후 변화 대체작목으로 중점 육성하는 과일이기도 하다.

물론 경북 북부지역이 아직은 사과의 최대 산지이다. 재배기술이나 인프라에 있어서 타 지역이 쉽게 따라가지 못한다. 그러나 지구온난화가 지금과 같이 가속화되는 상황에서는 경북 북부지역의 압도적 우위도 장담할 수가 없다. 사과는 비교적 서늘한 기후에서 자라는 과실수다. 생육기 평균 기온이 15~18도여야 하고, 일교차가 커야 열매가 잘 익는다. 농촌진흥청이 최신 기후 변화 시나리오를 반영해 작성한 과일 재배지 예측 지도에 따르면 사과는 빠르게 재배 가능지가 감소하면서 2090년쯤엔 아예 없어질 것으로 예측한다. 어쨌든 사과 재배지의 북상은 지구온난화와 한반도의 기후 변화를 실감케 한다.

그런데 사과나무의 북상을 말하면서 '북상'이라는 말에는 내내 의문부호가 달린다. 북상이라는 말은 북쪽을 향해 올라간다는 뜻으로 태풍처럼 남쪽에서 발생했거나 어떤 세력의 근거지가 남쪽인 경우 쓰는 말이 아닌가. 또한 북상이라면 사과나무가 아예 없는 북쪽으로 처음 진출한다는 뜻일 텐데, 북한에도 사과 농업이 진작부터 발달해 있고 보면 북상이라는 말이 어울리지 않는다.

황해북도 황주 사과는 일제강점기부터 대구 사과 못지않게 이름을 떨쳤다. 재배 면적이나 수확고에서는 대구를 앞섰고, 일제 때부터 대만 만주 등지에 수출까지 했다고 한다. 해방 후에도 일본·중국·동남아시아 등지로 수출되어 세계적으로도 유명세를 탔다. 황주 사과도 대구와 같이 선교사들에 의해 유입된 것으로 보이는데 토질과 기후조건이 사과 재배에 적합하여 전문적으로 재배하였다고 한다. '조상사과나무'는 함경남도 북청군 용전리에 있는 수명 110년의 사과나무를 이르는 말인데 북한의 천연기념물(보호수) 제285호로 지정되어 있다. 이 나무는 북한에서 사과나무의 최고 수령樹齡을 기록하고 있는데 1898년에 재배하였고 품종은 국광(북청)이라고 한다. 나이 든 사람들이 어릴 적 먹었던 그 국광이다.

이로써 보면 사과나무는 북상이라는 말보다는 남방에서 철수한다는 말이 더 어울릴 듯도 싶다. 혹 대구를 기준으로 하고 남한만을 놓고 본다면 북상이라는 말도 틀린 말은 아니겠지만 한반도 전체를 놓고 본다면 남방한계선이 자꾸 후퇴하는 것이라 할 수 있다. 어쨌든 지구온난화가 지속된다면 북한의 사과 농사도 언젠가는 막을 내리고 한반도산 사과는 더 이상 맛볼 수 없을지도 모른다. 빨갛게 잘 익은 사과 한 알로 앉아서 지구의 온난화를 실감하는 시대이다.

세 번째 이야기-도심 화단 속의 메꽃과 고들빼기

빈포세무서를 새로 고층으로 웅장하게 지으면서 건물 옆으로 좁고 길게 통로 겸 쉼터를 만들어 놓았다. 그리고 가운데에 손바닥만 한 화단을 두 개 만들었는데 거기에 키 작은 철쭉나무와 도장나무를 심어 놓았다. 북향이라 종일 그늘로 덮여 있다가 오후 늦게야 석양빛이 조금 비치는 공간이라서 그랬든지 화단도 그냥 시늉으로 철쭉이나 도장나무로 채워 넣은 모양새였다.

전철역을 가려면 이 통로를 지나게 되는데 어느 날은 철쭉나무 위로 연분홍빛 메꽃이 두 송이 피어 있는 것을 발견했다. 작고 유난히 여려 보였지만 분명 메꽃이었고 자세히 살펴보니 철쭉 위로 아주 가는 덩굴줄기가 걸쳐져 있는 것도 보였다. 철쭉 이파리 사이로 메꽃의 잎사귀가 드문드문 눈에 띄었다. 시골 논밭 두렁이나 들판에서 보던 메꽃을 도심 빌딩 속 화단에서 보다니 놀라웠다.

메꽃은 모양이 비슷해 나팔꽃으로 오해하는 사람들도 많지만 여러모로 다르다. 나팔꽃은 재배식물로 사람이 씨를 뿌려 가꾸지만 메꽃은 저절로 자라는 잡초이다. 나팔꽃은 일년생이지만 메꽃은 다년생이다. 나팔꽃은 아침에 피었다가 낮에는 오므라드는 데 비해 메꽃은 낮에 피었다가 저녁이면 오므라든다. 나팔꽃은 청보라색 등 여러 색이 있지만 메꽃은 오직 연분홍색뿐이다. 나팔꽃이 화사한 도시 처녀라면 메꽃은 순박한 시골 처녀 같은 느낌을 준다. 그런 메꽃을 도심 한가운데 빌딩 속 화단에서 본다는 것은 너무도 뜻밖이었다.

그런데 그건 시작에 불과했다. 반포세무서에서 우연히 메꽃을 본 후로 돌아다닐 때마다 유심히 살폈더니 메꽃이 여기저기에서 눈에 띄었다. 흙이 있는 곳이면 길가 가로수 밑이건 화단이건 지하철역 좁디좁은 자투리땅이건 어디에서도 메꽃이 고개를 내밀었다. 마침 여름으로 들어서는 때로 메꽃이 피는 시기였기에 가능한 일이었다. 그렇지 않고서 푸른 잎사귀만으로 메꽃을 알아본다는 것은 내게는 불가능한 일이다. 많은 곳에서 메꽃을 찾아내면서 메꽃의 생명력에 대해 새삼 감탄을 했다. 어디서 어떻게 도시의 땅으로 유입됐는지도 신비로웠지만 척박한 도시의 환경에서 굳건히 뿌리박고 꽃 피우고 있는 것이 놀라웠다. 원래도 생명력이 아주 강한 풀인 것은 알았지만 이렇듯 눈에 띄지 않게 도시 속에서도 세력을 키워가고 있을 줄은 몰랐다. 새삼 나의 무관심이 부끄럽기도 하고 메꽃의 건승에 대해 고마운 마음을 느끼기도 했다. 메꽃을 발견할 때마다 '고것들'이 얼마나 대견했던지 모른다.

한번은 방배역에서 서울고등학교로 넘어가는 고갯길을 걸어서 넘어갈 때였다. 서울고등학교에 근무할 적에 왼쪽 길은 자주 다녔기 때문에 이번에는 신동아아파트가 있는 오른쪽 길로 고개를 넘어가며 가로 옆 화단에 눈길을 주었다. 그렇게 고개를 넘어 kt지사 쪽으로 내려서자마자 차도 옆 화단에서 메꽃을 발견했다. 인적이 드문 길이어서인지 화단은 거의 빈 채로 방치되어 있었는데 거기에 씀바귀가 자리를 차지해 꽃을 피웠고, 씀바귀 사이로 줄기를 뻗으며 메꽃이 몇 송이 꽃을 피우고 있었다. 어떤 것은 화단을 넘어 보도 쪽으로 고개를 내밀고 있기도 했다. 그렇게 메꽃 송이송이를 몇 번이고 들여다보고 덩굴줄기를 살펴보다가 씀바귀도 살펴보게 되었는데, 며칠 전 씀바귀꽃을 인터넷으로 검색해 보다 고들빼기가 씀바귀와 꽃이 비슷하면서 다른 점이 있다는 것을 알았기 때문이었다. 가장 중요한 차이로 기억에 남은 것이 고들빼기는 가운데 수술의 색이 노란데 씀바귀는 검은색이라는 것이었다.

그런데 그런 이유로 유심히 들여다본 씀바귀가 고들빼기가 아닌가. 아뿔싸! 씀바귀와 고들빼기의 차이를 한번 확인해 보자고 들여다본 것이 바로 고들빼기였다. 내 생애 처음으로 고들빼기를 정통으로 마주친 것이었다. 가슴이 뛰었다. 다시 보고 또 보아도 고들빼기였다. 수레바퀴처럼 노란 꽃잎에 둘러싸인 가운데 수술의 색이 노랬다. 그렇게 많지는 않았지만 화단에 드문드문 박혀 노란 꽃을 피우고 있는 것이 분명 고들빼기였다.

이제까지 고들빼기의 존재를 몰랐던 것은 아니다. 아니

잘 알았다. 김치를 통해서였지만 고들빼기의 모양 곧 김치로 담가진 고들빼기의 뿌리나 잎줄기는 잘 알았다. 그래서 대강 고들빼기가 민들레같이 생기고 대궁을 분지르면 흰 즙이 나오는 풀 정도로만 알았다. 그러고는 김치로만 즐겨 먹었지 흙 속에 뿌리박고 살아 있는 고들빼기는 본 적이 없고 또 찾아보려고도 안 했던 것이다. 더구나 꽃의 존재는 생각지도 못했던 것이다.

그런 고들빼기를 생전 처음 마주친 현장이 차들 분주히 오가는 도시의 차도 옆 화단이라는 것도 기가 막힐 일이었다. 흙냄새 나는 시골 논밭 두렁이나 나물 캐는 산비탈이 아니라 매연이 뒤덮인 고갯길 차도 옆에서 그것도 메꽃을 찾다가 우연히 고들빼기를 찾다……. 그 사건 아닌 사건은 내게 여러 가지 생각들을 불러일으켰다. 그중에서도 두고두고 새겨진 것은 도시는 인간이 만들었지만 흙은 인간이 만든 것이 아니라는 사실이었다. 도시는 인간이 독차지할 수 있을지 몰라도 흙은 인간이 독차지할 수 없다는 사실이었다.

네 번째 이야기 — 송아지 눈빛은 영원한 숙제

송아지 눈빛같이 맑고 깨끗한 것이 있을까. 송아지 눈빛같이 순진한 것이 또 있을까. 호수 같다느니 수정 같다느니 하는 등의 어떤 비유도 어울릴 것 같지 않다. 그저 말 그대로 맑고 깨끗하고 천진한 느낌. 아니 이러한 묘사로도 충분치

않다. 그 생생한 실감을 무어라 말로 표현하기에는 참으로 역부족이다. 그것은 어린아이의 맑은 눈빛을 볼 때도 마찬가지인데 송아지의 눈이 어린아이의 눈보다 두 배 세 배 더 크고 보면 형언하기가 더욱 어려워진다. 거기에는 생명의 신비감도 깊이 서리어 있어 송아지의 눈빛은 신이 내려준 어떤 숙제 같은 느낌이 든다.

그런 송아지의 눈빛을 마지막으로 본 것도 오래되었다. 물론 외양간에서 직접 눈으로 마주친 것을 말함이다. 80년대 중반 무렵 영암 처갓집에 내려가 있을 때였다. 그때 장모는 십여 마지기 논과 밭 두어 두락 농사를 감당하며 혼자 사셨는데, 그런 장모 농사일을 곁에서 많이 거들어주던 아제가 앞집에 살고 있었다. 그 아제는 일 때문에도 자주 처갓집에 들렀는데 그때마다 걸걸한 입담과 함께 소주 두세 잔을 걸치고 갔다. 장모는 그가 오면 으레 술을 권했고 집에 술 몇 병은 그를 위해 늘 준비해 놓고 있었다. 그렇게 자주 보다 보니 나도 그 집에 두어 번 발걸음을 하게 되었는데, 그 집에 마침 낳은 지 얼마 안 되는 송아지가 있었다.

외양간은 본채에 잇대어 시멘트 블록으로 지은 것으로 그렇게 오래된 것은 아니었다. 문도 없이 출입구가 마당으로 터져 있어 쉽게 들여다볼 수 있었는데 그때 송아지의 눈빛과 정면으로 마주쳤다. 송아지는 어미 곁을 파고들듯이 착 붙어 약간 겁먹은 눈빛으로 나를 보았다. 세상에 그렇게 맑고 순진한 것이 또 있을까. 그뿐 아니었다. 순간적이지만 송아지 눈빛에서 여러 가지 표정을 읽을 수 있었는데 무어라 말로는 표현하기가 어려웠다. 어쨌든 그 눈빛은 강렬하게 기억에 남아 두고두고 새겨졌는데 마치 숙제 같은 기분이었다.

외양간에서 소와 송아지를 본 것은 그게 마지막이었다. 몇 해 뒤인가에 본 외양간은 텅 비어 있었고 또 얼마 뒤에는 그 아제도 세상을 떴다. 그 무렵에는 장모 입에서 뒷잔등에 축사를 짓는 바람에 여름에는 냄새와 더불어 모기 때문에 못 살겠다는 푸념이 나왔다. 동네에 그것도 바로 지척에 우사가 새로 들어선 것이다. 그러면서 장모의 입에서 나온 말은 젊은 사람들이 모두들 조합 돈 끌어다가 우사도 짓고 기계도 사고 난리라는 것이다. 융자 안 받아 쓰는 놈이 바보라는 말도 나왔다. 그렇게 해서 동네에서 더러 한두 마리 키우던 소들은 사라져 버렸다. 그 대신 대규모 축사가 들어서기 시작한 것이다.

내가 본 앞집 아제의 소도 농사짓기 위해 기르던 일소는 아니었다. 그때 이미 마당에는 경운기가 들어앉아 있었다. 아침저녁으로 탕탕탕탕거리며 경운기가 거의 모든 일을 해내고 있었다. 그러니까 소는 가용으로 쓰려고 곧 자녀들 학자금이나 혼사 등에 쓸 목돈을 마련하기 위한 것이었다. 그런 소를 키우는 것을 '멕인다(먹인다)'고 표현했다. 소를 멕인다 하면 소를 키우고 있다는 뜻이었다. 그때 본 아제는 더러 산더미같이 풀을 베어다 소를 멕이곤 했다. 돈 주고 사료를 사다가 멕이는 소가 아니었던 것이다.

사실 비육우라는 낯선 말을 처음 들은 것은 아제네 송아지를 보기 훨씬 전이었다. 서울에 살던 이종사촌 형이 고향을 찾아 비육우를 키운다고 내려간 것이다. 군대 가기 전에 어디 대학에 입학은 해놓았지만 군대 갔다 온 후에 다시 명문대를 가기 위해 재수를 하다 실패하고, 마침 이모부가 돌아가시고 형편이 어려워지자 뭔가 새로운 비전을 찾아 시골로 내려가 시작한 일이 비육우 사육이었다. 물론 조합 빚 끌어다 시작한 일이었다. 그게 70년대 중반쯤이었다. 지금 비육우라는 말은 국어사전에도 올라 있는데 "질 좋은 고기를 많이 내기 위하여 특별한 방법으로 살이 찌도록 기르는 소"라고 되어 있다.

얼마 전 오래 비워둔 시골 처갓집이 궁금해서 인터넷으로 지도 검색을 해 보았다. 장모가 돌아가시고 처음 몇 해는 누군가가 들어와 살았다. 그림 그리는 사람이라 했는데 혼자 들어와 세 한 푼 내지 않고 조용히 살았다. 그 사람이 가고 난 후에는 다시 들어와 살 사람이 없어 오랫동안 집은 비어 있었던 것이다. 지도를 검색해 보니 동네도 많이 바뀌어 있었다. 길은 그대로였지만 새로 지어진 건물도 있고 담장이며 여러 가지가 많이 달라져 있었다. 처갓집은 대문과 지붕

옆쪽만이 카메라에 잡혀 있고 집 상태는 볼 수 없었다.

그렇게 인터넷 검색을 하던 중에 기사 하나가 눈에 확 들어왔다. 근래의 군민신문 기사였는데 동호리 주민들이 우사신축허가반대 비상대책위원회를 구성해서 "주민 의견 무시한 우사 허가 당장 철회하라"면서 군청 앞 광장에서 집회를 열었다는 것이다. 마을 사람들은 마을 내 우사 하나를 좀 더 외진 곳으로 이주시키기 위해 여러 명의 소유권자가 나눠 갖고 있던 쪼개진 땅의 매수를 적극 도왔는데 어떻게 해서 그 부지가 외지인에게 넘어가 마을 사람들로서는 기존 우사는 그대로 있고 새로 대형 우사가 하나 더 들어서는 봉변을 당하게 되었다는 것이다. 관청에서는 허가 과정에 법적인 하자는 없다는 얘기지만 주민들의 불만은 좀 더 근본적인 것이었다. 이제 마을에 더 이상의 우사가 들어서는 것을 못 참겠다는 것이었다.

경운기가 들어오고 농업이 기계화되면서 소는 노동에서 해방되었다. 동시에 사람들은 소의 용도를 일소에서 비육우로 변경해 버렸다. 농사용이 고기용으로 바뀐 것이다. 소에 대한 정의가 백팔십도 달라졌다. 송아지들은 모두 인공수정을 통해 태어난다. 태어나자마자 컴퓨터로 신고를 하고 고유의 개체식별번호를 부여받아 번호가 기재된 귀표를 양쪽 귀에 부착한다. 그것은 다 비육되어 도축될 때까지 아니 도축되어 고기 조각으로 포장 용기에 담겨 비닐 랩에 붙이는 스티커에까지 유지된다. 소는 번호로 태어나서 번호로 죽고 사람의 입에 들어갈 때까지 철저히 상품화되어 고기로 관리된다.

지금도 새롭게 태어나는 송아지의 눈빛은 맑고 순진하다. 생명의 신비한 빛을 가지고 있다. 숙제다. 인간은 운명처럼 다른 생명에 빚지고 있다. 태어나서부터 죽을 때까지 다른 생명에 의지하고 기대어 산다. 그러면서 동시에 생명에 대한 외경의 마음을 가슴 한구석에 품고 산다. 외경이란 무엇인가. 공경하면서 두려워한다는 뜻이 아니던가.

에스컬레이터 타고 내려온 달빛

초판 1쇄 발행 2023년 01월 20일

지은이 윤재철
펴낸이 조기조

펴낸곳 도서출판 b
등 록 2003년 2월 24일 (제2006-000054호)
주 소 08772 서울시 관악구 난곡로 288 남진빌딩 302호
전 화 02-6293-7070(대) 팩시밀리 02-6293-8080
누리집 b-book.co.kr 전자우편 bbooks@naver.com

I S B N 979-11-89898-87-8   03810
책 값 12,000원